Les chatons magiques

Une aide bien précieuse

L'auteur

La plupart des livres de Sue Bentley évoquent le monde des animaux et celui des fées. Elle vit à Northampton, en Angleterre, et adore lire, aller au cinéma, et observer grenouilles et tritons qui peuplent la mare de son jardin. Si elle n'avait pas été écrivain, elle aurait aimé être parachutiste ou chirurgien, spécialiste du cerveau. Elle a rencontré et possédé de nombreux chats qui ont à leur manière mis de la magie dans sa vie.

Dans la même collection

1. *Une jolie surprise*
2. *Une aide bien précieuse*
4. *Chamailleries*
5. *En danger*

Vous avez aimé

les chatons magiques

Écrivez-nous
pour nous faire partager votre enthousiasme :
Pocket Jeunesse, 12, avenue d'Italie, 75013 Paris

Sue Bentley

Les chatons magiques

Une aide bien précieuse

Traduit de l'anglais par Christine Bouchareine

POCKET JEUNESSE

Titre original :
Magic Kitten – Classroom Chaos

Publié pour la première fois en 2006
par Puffin Books, département de Penguin Books, Ltd, Londres.

À Brian

Loi n° 49-956 du 16 juillet 1949 sur les publications
destinées à la jeunesse : mai 2008.

ISBN 978-2-266-17214-1

Avis de recherche

As-tu vu ce chaton ?

Flamme est un chaton magique de sang royal, et son oncle
Ébène est très impatient de le retrouver.
Flamme est difficile à repérer, car son poil change
souvent de couleur, mais tu peux le reconnaître
à ses grands yeux vert émeraude et à ses moustaches
qui grésillent de magie !

Il est à la recherche d'un ami qui prendra soin de lui.

Et s'il te choisissait ?

Si tu trouves ce chaton très spécial, merci d'avertir
immédiatement Ébène, le nouveau roi.

Prologue

— Il faut vous cacher, prince Flamme ! Vous n'auriez pas dû revenir. Votre oncle n'est pas loin ! déclara Cirrus au jeune lion.

Tous deux se tenaient dans une grotte, dont l'entrée était dissimulée par une cascade.

La fourrure de Flamme crépita d'étincelles et émit une lumière aveuglante. À sa place apparut un minuscule chaton noir et blanc.

Cirrus se pencha vers lui et de son vieux museau grisonnant lui caressa la tête.

— Vous devez retourner dans l'autre monde, prince Flamme. Gardez cette apparence. Elle vous protègera.

Soudain un rugissement terrifiant les interrompit. Les yeux vert émeraude de Flamme jetèrent des éclairs.

— Mon oncle Ébène s'est emparé de mon royaume. Mais un jour je viendrai reprendre le Trône du Lion ! miaula-t-il bravement.

Un léger sourire fit apparaître les crocs usés du vieux lion.

— J'y compte bien, mon prince. Mais seulement lorsque vous aurez obtenu tous vos pouvoirs. Partez vite ! Cachez-vous !

Au moment où Flamme disparaissait derrière un rocher, un fauve énorme traversa la chute d'eau et atterrit lourdement sur la roche ruisselante.

— Cirrus ! Où se cache mon neveu ? gronda-t-il.

Tapi dans l'ombre, Flamme tremblait de terreur.

— Le prince Flamme est loin d'ici, rugit le vieux lion. Et vous ne le retrouverez jamais !

— J'ai lancé mes espions à ses trousses, rétorqua Ébène. Ils l'attraperont tôt ou tard…

Flamme rassembla ses forces. Il laissa échapper un petit miaulement, tandis que des étincelles parcouraient sa fourrure noire et blanche. La caverne disparut à ses yeux, et il se sentit tomber… tomber… tomber…

1

— Au revoir ! À bientôt ! lança Camille Martin à ses parents, du haut de sa fenêtre.

Tandis que leur voiture quittait le parking de la pension Les Pinsons, Camille se retourna pour contempler sa nouvelle chambre, à la fois heureuse et inquiète. C'était bizarre de devoir la partager avec une inconnue.

« Autant défaire mes bagages », décida-t-elle, en posant sa valise sur l'un des lits.

La chambre était égayée par des dessus de lit
bleus, des rideaux à carreaux assortis et un tapis
rouge.

Elle avait juste fini de ranger ses vêtements et
ses livres lorsque, Boum ! la porte s'ouvrit à toute
volée.

Une jolie blonde entra en trombe, l'air furieux.

— Qui es-tu ? demanda-t-elle en fusillant Camille du regard.

— Bonjour. Je m'appelle Camille Martin.

— Tu sais que tu es dans ma chambre ! continua la fillette du même ton désagréable, les mains sur les hanches.

— Je croyais que je pouvais choisir n'importe laquelle. J'ai déjà rangé mes affaires.

— Qu'est-ce que tu veux que ça me fasse ? T'as plus qu'à les enlever !

Camille dévisagea l'inconnue avec perplexité. Elle lui donnait un an de plus qu'elle.

— Tiens ! Tiens ! Roxane Chabert ! fit alors une voix très calme, dans le couloir. Je me disais bien que je reconnaissais cette façon de parler.

Camille se retourna d'un bond et vit une grande femme au visage sympathique. C'était

Mme Legrand, la directrice. Elle était accompagnée d'une fille, plutôt petite et menue.

Roxane changea aussitôt de ton.

— Oh, bonjour, madame Legrand! s'écriat-elle avec un grand sourire. Camille me disait justement que ça ne l'ennuyait pas de changer de chambre.

— Jamais de la vie! protesta Camille, outrée. C'est toi qui voulais que je m'en aille!

Roxane la fusilla à nouveau de ses yeux bleus.

— Sale petite cafteuse!

— Ça suffit, Roxane, l'interrompit la directrice. Vous savez très bien que personne n'a de chambre attitrée, aux Pinsons. Quant à vous, Camille Martin, je voulais vous présenter Sarah Parec. J'ai pensé que vous pourriez partager la même chambre. Vous avez beaucoup de points communs. Et, pour l'une comme pour l'autre, ce sera votre première année loin de chez vous.

— Pff ! Des nouvelles ! ricana Roxane à voix basse.

Camille sourit à Sarah. Elle la trouvait très jolie avec ses grands yeux noisette, sa peau mate et ses nattes brunes. Elle remarqua une légère tache de naissance sur sa joue. En tout cas, Sarah avait l'air cent fois plus sympa que Roxane !

— Ravie de faire ta connaissance.

— Moi aussi, répondit Sarah d'une voix timide.

— J'ai apporté des posters d'animaux. Tu veux m'aider à les coller sur les murs ?

— Avec plaisir ! J'adore les animaux.

— Moi aussi. Surtout les félins.

Roxane mit un doigt dans sa bouche et fit semblant de vomir.

Mme Legrand la foudroya du regard.

— Apparemment cette chambre est déjà prise, Roxane. Je vous suggère de vous installer dans celle d'à côté, si elle est encore libre. C'est exactement la même.

Roxane leva les yeux au ciel et repartit à grands pas.

La directrice se tourna alors vers Camille et Sarah.

— Je vous laisse défaire vos valises. Descendez à la salle de réunion quand la cloche sonnera.

Vous découvrirez ainsi vos professeurs et votre emploi du temps.

— Elle est gentille, hein? dit Camille à Sarah dès qu'elles furent seules.

Sarah hocha la tête.

Au même instant, des coups retentirent dans la pièce à côté.

Puis elles entendirent hurler:

— Cette chambre est nulle! Et cette école n'est qu'un trou à rats. Je la déteste!

— C'est Roxane! s'exclamèrent-elles avant d'éclater de rire.

— Pouh! Je n'arriverai jamais à tout retenir, souffla Camille à Sarah qui était assise à côté d'elle.

Elle examina la salle de réunion avec son énorme cheminée, ses poutres au plafond et ses murs recouverts de bois sombre. Elle était envahie par une foule d'élèves et de professeurs qui parlaient tous en même temps.

Sarah se mordilla un ongle.

— Je n'ai pas enregistré le nom d'un seul prof ni l'endroit où se trouvent les classes.

— Moi non plus. Mais ce n'est qu'une question de temps, tu verras.

— Tiens, mais c'est la cafteuse ! s'exclama une voix derrière elle.

Camille n'eut pas besoin de se retourner pour savoir qui avait parlé.

— Salut, Roxane, soupira-t-elle.

Roxane accoudée sur sa table était accompagnée d'une fille brune avec des taches de rousseur et d'une grande perche aux cheveux bruns et bouclés.

Camille avait entendu leurs noms lors de l'appel : Marie Caron et Léa Morel.

— Vous avez emporté votre nounours pour la nuit, j'espère ! les nargua Roxane.

— Il ne faudrait pas que le fantôme vous donne des cauchemars, enchaîna Léa.

— N'importe quoi! Ça n'existe pas, les fantômes, rétorqua Camille.

— Ah oui! s'exclama Roxane. Tu n'as pas entendu parler de la Dame Grise des Pinsons? Elle hante les couloirs à la recherche des nouvelles. Je me méfierais à votre place!

Elle se releva et fit signe à Marie et Léa de la suivre.

— Venez, allons voir si la boutique est ouverte.

Les trois filles s'éloignèrent en gloussant.

— Tu y crois, toi, à cette histoire de fantôme? s'inquiéta Sarah. Les vieilles maisons sont souvent hantées, non?

Camille rassembla ses affaires en secouant la tête.

— Roxane voulait juste nous flanquer la frousse, c'est tout. Oh, j'ai oublié le classeur pour le prochain cours ! Je remonte le chercher en vitesse.

— Je t'attends ici, répondit Sarah, pas tout à fait rassurée.

Camille suivit un long couloir bordé de salles de classe et arriva à un escalier en colimaçon qui menait aux étages.

Cinq minutes plus tard, après avoir gravi un nombre de marches incroyable, elle déboucha sur un palier sinistre.

— Mince ! Je me suis perdue ! gémit-elle.

Elle regarda autour d'elle. Les murs étaient percés de fenêtres étroites aux épais carreaux verdâtres. La poussière tourbillonnait dans les rares rayons de lumière. Camille se tenait devant une porte couverte de toiles d'araignées, qu'elle repoussa du bout des doigts. Le battant s'ouvrit dans un grincement.

Elle distinguait des formes sombres. Une fois ses yeux habitués à l'obscurité, elle reconnut des vieux meubles empilés les uns sur les autres. Ce n'était qu'un grenier.

Soudain, un mouvement attira son attention. Camille aperçut une forme claire et brillante. Elle retint un cri. Ce devait être la Dame Grise !

Pétrifiée, Camille prenait peu à peu conscience que la silhouette n'avait rien d'humain. Qu'est-ce que ça pouvait être ?

Elle avança sur la pointe des pieds. La chose était allongée en travers de deux chaises. Camille fronça les sourcils. On aurait dit une couverture en fourrure phosphorescente. Elle entendit alors un ronronnement et écarquilla les yeux de surprise. En fait de couverture, c'était un jeune lion tout blanc ! Et il dormait profondément !

Camille contempla sa fourrure qui scintillait. Le lionceau avait l'air aussi féroce que beau. Le cœur de Camille battait la chamade. Elle ne savait pas si elle devait rester ou prendre la fuite.

Comment un lion avait-il pu arriver ici ?

Les yeux de l'animal s'ouvrirent d'un coup. Il se redressa, le poil hérissé.

— N'approche pas ! J'ai des crocs et des griffes acérés ! gronda-t-il.

— Et tu parles ? cria Camille, affolée.

2

Le lion la fixa un long moment de ses yeux vert émeraude.

Elle sentit qu'il avait aussi peur qu'elle. Elle s'accroupit pour se faire plus petite.

— Écoute, je ne veux pas te faire de mal, le rassura-t-elle d'une voix encore tremblante.

Le lion se détendit. Il redressa les oreilles.

— Je ne voulais pas t'effrayer. Mais je t'ai prise pour un ennemi, expliqua-t-il d'une voix de velours.

— Que… qui es-tu? bredouilla-t-elle.

Il s'inclina devant elle d'un air majestueux.

— Je suis le prince Flamme. L'héritier du Trône du Lion.

Camille se sentit tenue de le saluer avec autant de solennité.

— Et d'où viens-tu?

— De très loin, répondit-il, le regard soudain triste.

Camille, rassurée, s'avança d'un pas.

— Je m'appelle Camille. C'est mon premier trimestre dans cette école. Je peux te toucher?

— Attends! Ne bouge pas!

Un éclair d'argent éblouit Camille qui ferma les yeux. Quand elle les rouvrit, le lion blanc avait disparu. À sa place se tenait un chaton angora, noir et blanc, aux grands yeux vert émeraude.

— Où est Flamme? s'écria-t-elle.

— C'est moi, miaula le chaton d'une toute petite voix. Je dois me déguiser pour échapper à mon oncle Ébène. Il veut me tuer.

— Mais pourquoi ?

— Pour conserver mon trône. Peux-tu m'aider, Camille ?

Elle le prit aussitôt dans ses bras.

— Bien sûr ! Tu n'as qu'à venir vivre dans ma chambre. Oh, quand Sarah te verra !

Flamme se tortilla et dégagea une patte qu'il posa sur le menton de la fillette.

— Il ne faut pas qu'elle sache. Tu ne dois rien dire à personne. Ce secret doit rester entre nous.

Camille hésita. Elle était sûre de pouvoir faire confiance à Sarah.

— Promets-moi, insista Flamme en la suppliant de ses grands yeux.

Camille sentit son cœur chavirer. Elle ne voulait surtout pas risquer de mettre le chaton en danger.

— D'accord, c'est promis.

Elle se souvint alors brusquement que les animaux étaient interdits dans l'école. Comment allait-elle le cacher dans sa chambre ?

Elle le glissa sous son pull. Il lui jeta un regard scandalisé.

— Désolée, mais je n'ai pas le choix. Et arrête de gigoter !

Heureusement, quand elle redescendit, la plupart des élèves bavardaient encore dans les couloirs. Elle réussit à regagner sa chambre sans attirer l'attention.

— Nous y voilà, murmura-t-elle en posant Flamme sur son lit.

Il examina la pièce.

— Là, je devrais être en sécurité, dit-il en tendant une patte noir et blanc vers la commode.

C'était une bonne idée. S'il se couchait au fond d'un tiroir, personne ne pourrait le voir, à moins de monter sur le lit.

— Attends, je vais t'arranger un petit matelas douillet.

Tandis qu'elle disposait ses vêtements pour lui faire son coin, il poussa un miaulement de terreur.

— Camille ! Quelqu'un arrive !

La fillette se retourna d'un bond et vit la poignée de la porte tourner. Elle n'avait plus le temps de cacher le chaton.

Elle sentit alors des picotements et une chaleur étranges lui parcourir le corps. Des étincelles d'argent jaillirent de la fourrure de Flamme et ses moustaches crépitèrent.

Roxane passa la tête dans l'entrebâillement.

— J'ai cru entendre des voix, ricana-t-elle, les yeux fixés sur le lit où Flamme était assis.

Camille, paniquée, songea qu'elle allait la dénoncer à la directrice.

— J'en étais sûre ! continua cette peste, avec un rictus moqueur. Tu parles toute seule ! Quel bébé! Les autres vont bien rire quand je leur raconterai ça!

Camille regarda le lit sans comprendre. Flamme était assis au beau milieu et Roxane ne le voyait pas!

Elle se retourna vers Roxane.

— Dis ce que tu veux! Ça m'est bien égal!

Roxane haussa les épaules et repartit en claquant la porte derrière elle.

Flamme se mit à faire tranquillement sa toilette.

— Comment est-ce possible qu'elle ne t'ait pas vu ? s'étonna Camille.

Flamme se passa une patte sur les moustaches.

— Juste une question de magie. Je choisis ceux à qui j'ai envie de me montrer.

— Tu veux dire que tu peux te rendre invisible ? Mais c'est génial ! Les animaux sont interdits aux Pinsons. Si je suis la seule à te voir, ce sera plus simple, pas vrai ?

Le chaton hocha la tête.

— C'est fabuleux ! Je suis si contente de t'avoir avec moi !

Flamme répondit par un ronronnement et plissa les yeux.

3

Les jours passaient. Camille étudiait, se faisait de nouvelles amies et se familiarisait avec les lieux. Elle s'entendait très bien avec Sarah. Elle aurait aimé partager son secret avec elle. Mais, pour la sécurité du chaton et le respect du règlement, il valait mieux ne rien dire.

Le chaton l'accompagnait partout. Pendant les cours, il se couchait sur le rebord d'une fenêtre ou le dessus d'une bibliothèque. Camille adorait ça. Il était son ami secret et invisible.

Surtout, grâce à Flamme, sa famille lui manquait seulement le soir, au moment de s'endormir.

Une fois, il vint se pelotonner contre elle dans le lit. Elle le caressa, il se mit à ronronner.

— Ta maison te manque aussi ? chuchotat-elle.

— Surtout mes amis, soupira-t-il.

Camille lui embrassa le dessus de la tête, réconfortée de le sentir contre elle.

— Alors nous devons bien prendre soin l'un de l'autre.

Le samedi matin, quand Camille se réveilla, elle découvrit avec surprise que Sarah était déjà prête.

— Hourra! Enfin une grande journée à nous! Qu'est-ce qu'on fait?

Camille se leva d'un bond et se rua sur ses vêtements.

— Mince! J'avais oublié. J'ai mon entraînement de basket. C'est aujourd'hui qu'on forme les équipes.

— Ça ne t'ennuie pas si je viens avec toi?

— Bien sûr que non! Dis donc, je ne savais pas que tu aimais le basket? s'étonna Camille en fourrant ses affaires de sport dans un sac.

— Non, je suis nulle en sport. Mais j'adore regarder les autres jouer. Je serai ta fan numéro un, si tu veux !

— Arrête ! gloussa Camille en lui donnant une tape amicale.

Après le petit déjeuner, les deux amies se rendirent directement au gymnase. Flamme avait décidé d'y aller, lui aussi. Il s'était roulé en boule à l'intérieur du sac.

Il y avait déjà d'autres filles de la classe de Camille dans les vestiaires. Elles se saluèrent joyeusement.

Camille se changea.

— Je te laisse là. Ça ira ? chuchota-t-elle à Flamme.

— Ne t'inquiète pas.

Camille courut vers le terrain où d'autres élèves s'entraînaient au dribble. Roxane marqua un panier.

— Bravo ! cria Marie.

Camille aperçut Sarah, qui s'était assise sur le banc à côté de Léa, l'autre amie de Roxane. Elle lui faisait de grands gestes d'encouragement.

Roxane toisa Camille.

— Au cas où tu l'ignorerais, sache que je suis la meilleure joueuse de l'école !

— Rassemblement ! cria Mlle Simon, le professeur. Comme vous le savez déjà, ici, nous jouons par équipes de cinq. Alors, formez deux équipes et montrez-moi ce que vous savez faire.

Camille choisit un dossard d'attaquante. Elle préférait de beaucoup le basket à cinq au jeu à sept, car ainsi les joueuses pouvaient occuper les différentes positions. Elle se joignit à quatre autres filles de sa classe.

En face, Roxane et ses amies enfilèrent leurs dossards. Léa glissa quelques mots à Roxane qui lança un regard noir à Camille.

Au coup de sifflet, l'allier lança la balle vers Camille et l'autre attaquante de son équipe.

Camille vit une ouverture. Elle pivota, visa et marqua.

— Bien joué, Camille ! cria Sarah.

— Pff ! La chance du débutant ! ricana Léa.

Camille marqua un autre panier. Elle était hors d'haleine quand le professeur annonça la fin du premier quart-temps, mais elle avait hâte d'attaquer le second.

— Tout le monde change de position ! lança Mlle Simon.

Camille prit celle de défenseuse tandis que Roxane se plaçait en attaquante dans l'équipe adverse. Elle jouait vraiment bien. Camille avait fort à faire pour défendre son terrain. Soudain, Roxane se dégagea et tira. Le ballon rebondit sur le panneau et tomba de l'autre côté de la ligne.

— Pas de chance ! cria Léa.

Roxane, le visage tordu de rage, serra les poings.

Tandis que Camille courait récupérer le ballon, elle vit du coin de l'œil Flamme entrer dans le gymnase et sauter sur une pile de tapis. Il se roula dessus et s'étira, le ventre en l'air.

Elle ne put retenir un sourire.

— C'est moi qui te fais rire ? demanda Roxane.

— Non, répondit Camille, surprise.

— Y a intérêt ! Ça m'arrive jamais de rater un panier.

Camille serra les dents. Il fallait qu'elle soit plus vigilante si elle ne voulait pas trahir Flamme.

Quelques secondes plus tard, Marie fit une passe à Roxane. Camille se trouvait juste derrière elle. Roxane pivota, fit semblant de glisser et lui décocha un coup de coude dans les côtes.

Le souffle coupé, Camille se plia en deux de douleur.

— Faute! hurla Sarah, oubliant sa timidité. Roxane l'a frappée!

— C'est du cinéma! protesta Léa. Elle l'a à peine touchée.

Camille se tenait le côté en cherchant sa respiration.

Elle entendit alors un grondement. Du coin de l'œil, elle vit la fourrure de Flamme étinceler et ses moustaches grésiller.

Des picotements lui parcoururent le corps.

Oh, oh! Qu'allait-il se passer?

Roxane prit son élan, sauta et lança le ballon qui monta... monta... jusqu'au toit du gymnase.

Camille le vit avec stupeur tourner lentement dans les airs puis redescendre à toute vitesse, droit sur la tête de Roxane.

— Aïe !

Roxane se mit alors à tourner sur elle-même comme une toupie, si vite qu'on ne distinguait plus ses traits.

4

Les joueuses explosèrent de rire, Sarah aussi, la main plaquée sur la bouche.

— Au secours ! Je ne peux pas m'arrêter ! cria Roxane en agitant les bras tandis qu'elle tournoyait comme une patineuse, et faisait crisser ses semelles.

— Roxane Chabert ! s'impatienta Mlle Simon. Cessez votre numéro !

Camille, remise de sa douleur, retint un sourire. Personne ne pouvait voir Flamme. Il était assis à côté du poteau et fixait Roxane en clignant des yeux. Camille s'approcha de lui.

— Laisse-la ! le gronda-t-elle à voix basse.

— Elle n'avait qu'à pas te faire mal, répondit-il, le regard plein de malice tandis que l'air crépitait autour de lui.

— Je vais bien, maintenant. Arrête !

Flamme finit par tendre la patte vers Roxane, qui ralentit et s'immobilisa enfin.

— Que s'est-il passé ? gémit-elle en chancelant.

Marie et Léa se précipitèrent pour la soutenir.

— Ça va ?

— Bien sûr que ça va ! Fichez-moi la paix ! les rabroua-t-elle, le visage rouge de honte.

Sarah s'approcha de Camille.

— Quelle frimeuse ! Je parie qu'elle a mal au cœur !

Mlle Simon frappa dans ses mains.

— Le spectacle est terminé ! On fait une pause. Mais ne vous éloignez pas. J'ai à vous parler.

Camille prit un verre d'eau à la fontaine et revint s'asseoir à côté de Sarah.

— Chaque année, nous choisissons un nouveau capitaine pour notre équipe, reprit Mlle Simon. Et je vous rappelle que la pension doit accueillir le tournoi de basket à la fin du trimestre. Il est donc primordial d'avoir comme capitaine une fille qui sache vous stimuler…

Roxane se leva, sur le point de s'avancer.

— …et j'ai donc décidé que, cette année, ce serait Camille Martin !

— Mais ce n'est qu'une petite nouvelle! Elle ne connaît rien à rien! protesta Roxane, sidérée.

Mlle Simon la fit taire du regard.

— Levez-vous, Camille, reprit-elle. J'ai été très impressionnée par votre façon de jouer et votre sang-froid. Nous avons besoin d'un capitaine qui possède ces qualités.

— M-moi? bafouilla Camille.

— Oui, bravo, Camille!

Tout le monde, sauf Roxane et ses deux amies, l'applaudit, Sarah encore plus fort que les autres.

L'entraînement terminé, Camille déjeuna en vitesse et monta dans sa chambre.

Une fois la porte refermée, elle versa du lait dans une soucoupe qu'elle posa devant Flamme.

— Tiens, tu l'as bien mérité.

Le chaton ronronna de plaisir et lapa le lait de sa petite langue rose. Puis il sauta sur son lit, se roula en boule et ferma les yeux.

— Je tombe de sommeil, miaula-t-il doucement.

Camille le caressa.

— Fais une sieste. Moi, je vais réviser mes leçons. À plus tard.

Il n'y avait presque personne à la bibliothèque. Camille s'installa devant un ordinateur et se mit à étudier.

Une heure plus tard, quand Sarah entra, elle la trouva assise au même endroit.

— Je te cherchais partout. Mais tu travailles ? Un samedi après-midi ?

Camille se mordilla la lèvre en rougissant.

— Je ne suis pas très rapide et je dois relire les cours plusieurs fois avant de les assimiler, finit-elle par avouer. Je dois te paraître idiote, hein ?

Sarah secoua la tête.

— Pas du tout. Chacun apprend à sa façon.
Et quelle importance ? Toi, tu es très forte en
sport. D'ailleurs je peux t'aider, si tu veux.

— C'est vrai ? Ça serait super !

Sarah était une élève brillante. Elles relurent
ensemble la leçon.

— Ça y est, j'ai compris, déclara Camille, quelques minutes plus tard.

— Tu vois, tu as réussi, répondit Sarah avec un grand sourire. Ça te dirait d'aller faire un tour au village ? On pourrait dépenser notre argent de poche.

— Bonne idée. Je monte juste remettre le classeur dans notre chambre. On se retrouve dans l'entrée ?

— D'accord.

Tandis qu'elle sortait de la bibliothèque, Camille croisa Marie. Celle-ci fixa le classeur qu'elle avait sous le bras d'un œil mauvais.

Quand Camille entra dans sa chambre, Flamme se leva et s'étira.

— Tu as bien dormi ? Je vais au village avec Sarah. Tu veux m'accompagner ?

Il répondit par un miaulement joyeux. Elle ouvrit son sac et il sauta à l'intérieur.

— Tu es bien installé ? demanda-t-elle en mettant son sac en bandoulière. On y va.

Elle retrouva Sarah comme prévu. Il faisait un temps très doux. Flamme sortit la tête pour observer le paysage.

Le village s'étendait sur les deux rives d'une rivière, enjambée par un pont de pierre.

— Voici le marchand de journaux, dit Camille en traversant la route pour se diriger vers une maison au toit de chaume, située un peu à l'écart.

Une clochette tinta quand elle poussa la porte.

Flamme sauta par terre, à l'affût d'odeurs appétissantes.

— Oh, non ! marmonna Sarah. Regarde qui est là.

Camille vit Roxane qui feuilletait des magazines, pendant que Marie et Léa réglaient des chips et des boissons à la caisse.

— Ignore-les. Allons de l'autre côté.

Camille l'entraîna vers un présentoir de friandises. Sarah prit un sachet de bonbons au citron.

— Mes préférés !

Roxane aperçut les deux amies et donna un coup de coude à Marie. Les trois filles s'approchèrent.

Camille, la gorge nouée, soutint le regard de Roxane.

— Mais c'est la tricheuse! ricana cette peste, les mains sur les hanches. Marie m'a dit que tu faisais des heures supplémentaires à la bibliothèque. Tu espères aussi passer devant tout le monde, en classe?

— Pas du tout! J'essaie juste de me maintenir à niveau.

— À d'autres! rétorqua Léa.

— Laissez-la tranquille. Elle n'a pas de comptes à vous rendre, protesta bravement Sarah.

— Toi, on t'a pas sonnée! la rabroua Marie. Et, à ta place, j'éviterais les bonbons. T'as déjà assez de boutons comme ça!

Roxane et Léa s'esclaffèrent.

Sarah plaqua sa main sur sa joue.

Camille, folle de rage, vint à la rescousse de son amie.

— Fichez-lui la paix. Ce n'est pas un bouton, c'est une tache de naissance!

— Non, mais regardez-moi ça : la tricheuse qui défend la boutonneuse ! gloussa Marie en arrachant le sac de bonbons des mains de Sarah. Boutonneuse ! Boutonneuse !

Le paquet se déchira et les bonbons s'éparpillèrent sur le sol.

— Oh ! gémit Sarah.

Dans un nuage d'étincelles, Camille vit alors Flamme sauter sur un rayonnage voisin. Il remua ses moustaches et lança un éclair vers Marie.

Un picotement parcourut Camille.

Soudain, un gros bouton violet apparut sur la joue de Marie, puis un autre… et bientôt, tout son visage en fut couvert !

5

Roxane et Léa poussèrent un cri d'horreur.

— Qu'est-ce qu'il t'arrive ? demanda Léa.

— Comment ça ?

Marie alla se regarder dans le reflet de la vitrine. Elle avait le visage violet et le nez cloqué comme une mûre.

— Ahh ! Qu'est-ce que j'ai ? gémit-elle.

— C'est la peste noire ! Ne m'approche pas ! hurla Roxane.

Léa recula précipitamment.

— Ohhh! C'est contagieux?

Marie fondit en larmes.

Même Camille éprouva un peu de peine pour elle. Elle saisit Sarah par le bras et l'entraîna vers la caisse.

— Vite! Payons nos bonbons et allons-nous-en.

Marie, les mains plaquées sur son visage, se rua vers la porte et tenta de l'ouvrir avec le coude.

— Tu ne te sens pas bien, petite ? s'inquiéta la caissière.

Marie sortit sans répondre et remonta son pull jusqu'aux yeux.

Roxane et Léa se précipitèrent à sa suite. Camille vit alors Roxane profiter de l'inattention générale et attraper plusieurs paquets de bonbons.

— Roxane a volé des friandises, chuchota-t-elle à Sarah dès qu'elles furent sorties. Elle les a cachées dans son sac !

— Pas possible ! Avec tout l'argent de poche qu'elle a. Enfin, d'après ce qu'elle disait au déjeuner. C'est vraiment pas cool !

Elles marchaient dans la rue derrière les trois filles.

— C'est bizarre, ce qui est arrivé à Marie. En tout cas, elle ne l'a pas volé !

— Oui, pouffa Camille. Mais je ne pense pas que ça durera très longtemps. Elle a dû faire une sorte d'allergie.

Sarah ne paraissait pas convaincue.

— Il se passe des choses étranges à l'école, ces derniers temps, tu ne trouves pas ?

— Hum… marmonna Camille, qui détourna les yeux.

Soudain, elles entendirent des cris au bord de la rivière. Des garçons couraient autour d'un arbre en poussant des exclamations. Le plus grand d'entre eux lançait des pierres.

— Que font-ils ? s'interrogea Camille.

Sarah mit sa main en visière devant ses yeux et scruta les branches.

— Oh, non ! Il y a un chaton noir et blanc en haut de l'arbre.

Le cœur de Camille ne fit qu'un bond.

C'était Flamme !

En sortant du magasin, il avait dû aller explorer les environs et, tout heureux de grimper aux branches, il avait oublié de se rendre invisible. Or, devant tout le monde, il ne pouvait pas recourir à ses pouvoirs magiques et disparaître.

Soudain, le chaton glissa en miaulant de terreur. Par chance, il réussit à se raccrocher à une minuscule branche qui pendait au-dessus de l'eau.

— Il va se noyer ! hurla Camille en se précipitant vers les jeunes.

Celui qui avait l'air d'une brute s'apprêtait à lancer une pierre.

— Non ! cria Camille en le bousculant violemment sur son passage.

Pris au dépourvu, le garçon trébucha.

Flamme lâcha prise. Camille n'eut que le temps de tendre les bras et le rattrapa au vol sans se soucier des griffes qui lui lacérèrent la peau.

— Je te tiens. Tu es sauvé, chuchota-t-elle au chaton qui tremblait comme une feuille.

Le garçon, remis de sa stupeur, se précipita vers elle, le visage rouge de colère.

— Hé, toi ! Attends un peu !

— Venge-toi, Max ! cria un de ses copains.

Un coup d'œil suffit à Camille.

— Fichons le camp ! hurla-t-elle à Sarah.

Sarah ne se le fit pas dire deux fois. Les deux amies dévalèrent la rue, les garçons à leurs trousses. Flamme tremblait de peur dans les bras de Camille.

— Regarde! s'écria Sarah. Notre école est juste là-bas, de l'autre côté du pré.

— Traversons-le, ce sera plus court! répondit Camille en lui montrant une échelle de bois qui enjambait la clôture.

Une fois passée, elle jeta un regard derrière elle: porter le chaton ralentissait sa course, et Max gagnait du terrain!

Sarah atteignit le portail de l'école et l'ouvrit vite en se précipitant vers les bâtiments.

— On est sauvées! cria-t-elle à Camille.

Mais, à l'instant où Camille allait le franchir à son tour, Max l'attrapa par le bras!

— Donne-moi ce chat!

— Non! répondit-elle en se débattant comme elle pouvait, sans lâcher Flamme.

Hélas! elle n'était pas de taille à résister long-temps à Max.

Flamme laissa échapper un faible miaulement; des étincelles jaillirent de sa fourrure. Camille sentit un picotement la parcourir.

Flamme avait retrouvé ses pouvoirs magiques!

Ses forces soudain décuplées, Camille repoussa le garçon brutalement et reprit sa course.

— Au secours! Je ne peux plus bouger! entendit-elle crier derrière elle.

Elle se retourna. On aurait dit que les deux pieds du garçon avaient pris racine. Max remuait les jambes sans pouvoir les dégager. Ses amis essayaient de le tirer par les bras, sans plus de succès.

— Tu n'es qu'une brute! lui lança Camille, sans ralentir car elle savait que le sortilège se dissiperait bientôt.

Enfin en sécurité, elle s'effondra contre un mur, hors d'haleine.

— Quel courage tu as eu! haleta Sarah. Ce garçon était beaucoup plus grand que toi!

Maintenant que le danger était passé, Camille tremblait de tous ses membres. Et ses griffures la faisaient souffrir.

— Quand est-ce que tu as relâché le chat ? demanda Sarah.

— Quoi ?

Camille réalisa que Flamme s'était de nouveau rendu invisible.

— Oh ! il a sauté quand on est sorties du champ. Il doit vivre dans les environs. Il retrouvera son chemin. Je monte vite désinfecter mes écorchures.

— Et moi, je vais chercher des sandwiches à la cuisine, répondit Sarah, à qui ces émotions avaient donné faim. Tu veux autre chose ?

— Oui, du lait, s'il te plaît, répondit Camille.

Une fois dans sa chambre, elle se laissa tomber sur son lit. Flamme se blottit sur ses genoux.

— Tu m'as sauvé la vie, Camille. Merci. Mais tu t'es fait mal ?

Elle haussa les épaules.

— Ce n'est rien.

Flamme la toucha tout doucement du bout de sa patte. De minuscules étincelles arrosèrent ses mains et ses bras. Une douce chaleur les parcourut et la douleur s'évanouit. À la place des écorchures, des marques superficielles étaient apparues.

— Merci, Flamme. J'ai cru mourir de peur quand je t'ai vu dans l'arbre !

Flamme frotta son petit museau rose contre son menton. Camille se sentit apaisée. Elle réalisa combien elle l'aimait. Et sa gorge se serra à l'idée qu'il serait peut-être un jour forcé de la quitter.

6

Camille et Sarah sortaient de cours, le lendemain, quand elles furent convoquées au bureau de la directrice.

Roxane, Léa et Marie s'y trouvaient déjà. Cette dernière avait récupéré un visage normal.

Mme Legrand expliqua que Mme Lebrun, la marchande de journaux, se plaignait de la disparition de plusieurs paquets de friandises.

— Et c'était juste après votre passage à toutes les cinq. Quelqu'un pourrait-il m'expliquer ?

— Je n'y suis pour rien, déclara aussitôt Roxane.

Camille écarquilla les yeux. Elle échangea un regard avec Sarah mais aucune ne parla. Camille avait beau détester Roxane et ses affreuses amies, elle n'avait aucune intention de moucharder. Et Sarah non plus.

Léa et Marie restèrent silencieuses, elles aussi.

Mme Legrand poussa un soupir.

— Je donne une dernière chance à la coupable. Je lui laisse jusqu'à demain matin pour avouer. Sinon, je prendrai les mesures nécessaires afin de découvrir la vérité.

Quand elles sortirent dans le couloir, Roxane toisa Camille et Sarah avant de s'éloigner en ricanant avec ses amies.

Sarah serra les poings.

— Elle mériterait que j'y retourne, pour la dénoncer.

— J'en ais bien envie, moi aussi, mais je ne suis pas une cafteuse.

— On ne peut tout de même pas la laisser s'en tirer comme ça!

— Ne t'inquiète pas. Ma mère dit que la vérité finit toujours par se savoir. Désolée, Sarah, mais je dois te quitter. Nous avons entraînement de basket, ce soir…

— Et tu as encore ton devoir sur l'Égypte ancienne à rédiger, je sais. Je devais aller à l'atelier d'informatique. Mais je peux remettre ça à plus tard si tu veux que je t'aide.

— Avec plaisir. Tu es vraiment une amie géniale ! dit Camille en passant son bras sous le sien.

Le lendemain matin, personne n'avoua le vol de bonbons.

Et toute l'école était au courant.

— Il paraît que Mme Legrand va fouiller les chambres, annonça Sarah à Camille alors qu'elles s'installaient pour déjeuner. Peut-être que Roxane avouera d'ici là.

— Je ne voudrais pas m'avancer mais je crois que sa conscience la travaille.

— À quoi vois-tu ça ?

— Elle a mal à la tête. Elle a quitté l'entraînement pour aller à l'infirmerie.

— Ah bon ? Pourtant je l'ai vue avec Léa devant notre chambre, juste avant que tu reviennes. Et elle avait l'air en pleine forme.

Camille finissait à peine son assiette qu'une fille vint lui annoncer que Mme Legrand l'attendait dans sa chambre.

Elle se leva en échangeant un regard étonné avec Sarah. Que pouvait bien lui vouloir la directrice ?

— Punie de sortie pendant une semaine ! Alors que je n'ai rien fait ! explosa Camille.

Mme Legrand brandit alors les trois paquets de bonbons.

— Alors, comment expliquez-vous qu'on les ait trouvés sous votre lit ?

— Je n'y suis pour rien. C'est quelqu'un d'autre qui les a mis là !

Et ça ne pouvait être que Roxane ! C'était pour cela qu'elle avait quitté le gymnase plus tôt !

Mme Legrand secoua la tête.

— Vous continuez à nier l'évidence. Vous me décevez beaucoup, Camille. Et vous ne vous en tirerez pas comme ça, menaça-t-elle avant de repartir à grandes enjambées.

Camille, accablée par tant d'injustice, se laissa tomber sur sa chaise. Comment prouver son innocence ?

— Tu t'es fait prendre la main dans le sac, hein ? jubila une voix derrière elle, dans le couloir. Ça ne m'étonnerait pas qu'on nomme quelqu'un d'autre comme capitaine de l'équipe de basket, après une histoire pareille.

Camille ne leva même pas la tête.

— Va-t'en, Roxane ! grommela-t-elle d'une voix frémissante de rage.

La semaine suivante, Camille essaya de consacrer tout son temps au travail. Mais elle n'arrivait pas à se concentrer.

— Roxane crie sur les toits que c'est toi la voleuse. On ne peut pas la laisser continuer comme ça ! fulmina Sarah à la fin du cours de maths. J'en ai assez. Je vais voir Mme Legrand.

— C'est trop tard, dit Camille en rangeant ses affaires dans son sac. Elle croira que tu veux me défendre. Rappelle-toi qu'elle a trouvé les bonbons sous mon lit.

— Si seulement on pouvait forcer Roxane à dire la vérité !

Camille se redressa d'un coup.

— Tu viens de me donner une idée ! Tu es géniale, Sarah !

— Moi ? Comment ça ?

— Tu te souviens de notre premier jour ici, quand Roxane a voulu nous flanquer la frousse avec cette histoire de fantôme ?

— Oui, la Dame Grise.

— Exactement ! Et je sais comment la forcer à dire la vérité. Mais j'aurais besoin de ton aide.

— Tu peux compter sur moi.

— Alors voilà ce que nous allons faire…

Quand Camille eut terminé ses explications, Sarah lui décocha un grand sourire.

— Je crois que j'ai compris.

Le soir même, Camille retira le drap de son lit, le roula sous son bras et, accompagnée de

Flamme, s'engagea dans le vieil escalier poussié-reux. Elle retrouva le palier aux fenêtres étroites et la porte couverte de toiles d'araignées.

Quand elle la poussa, celle-ci grinça comme pour protester. Camille frissonna. Le grenier était encore plus sinistre que dans son souvenir, sur-tout à la nuit tombante.

Elle s'enveloppa dans le drap et se pencha vers Flamme.

— Bon, tu te souviens de ce que tu dois faire ?

Il hocha la tête en agitant ses moustaches.

Des pas retentirent dans l'escalier.

— Attention ! Les voilà !

Camille repoussa la porte, remonta le drap sur sa tête et se fondit dans l'ombre. À côté d'elle, Flamme se mit à crépiter et à lancer des étincelles. Des picotements parcoururent Camille des pieds à la tête.

— Je n'irai pas plus loin. On est complètement perdues !

Roxane rouspétait dans l'escalier.

— On est presque arrivées, j'te dis, rétorqua Sarah. Tu verras, le grenier est rempli d'équipements sportifs. Je suis tombée dessus par hasard. Personne d'autre n'est au courant.

— T'as intérêt à dire la vérité !

— Prêt ? chuchota Camille à Flamme.

La porte s'ouvrit avec un grincement.

— Maintenant ! souffla Camille.

Elle se sentit décoller du sol.

— Hou ! Hou ! hulula-t-elle en battant des bras. Roxane Chabert, je sais que c'est toi la voleuse de bonbons ! déclama-t-elle d'une voix de spectre.

— Ahhh ! hurla Roxane. Laissez-moi tranquille. Je regrette, je vous assure !

— Il faut avouer ton crime ! continua Camille de sa voix la plus sinistre.

— C'est promis ! J'y vais tout de suite ! Mais je vous en supplie, ne venez pas me hanter, Dame Grise !

Camille entendit un bruit de cavalcade puis des pas qui dévalaient l'escalier. Roxane s'était enfuie !

— Tu peux me reposer, chuchota-t-elle à Flamme.

Dès que ses pieds touchèrent le sol, elle arracha le drap de sa tête et prit le chaton dans ses bras.

— Tu as été génial ! Merci, Flamme.

— Tout le plaisir était pour moi.

Elle retrouva Sarah qui l'attendait sur le palier.

— Tu as été fantastique ! Si tu avais vu la tête de Roxane ! J'ai bien cru qu'elle allait tomber dans les pommes ! Même moi, tu m'as flanqué une sacrée frousse. On aurait vraiment dit que tu flottais dans les airs !

— C'était un effet d'optique, improvisa Camille. Je te parie une semaine d'argent de poche que Roxane est déjà chez la directrice !

7

Profitant d'une pause entre deux cours, Camille et Sarah s'étaient assises dans l'herbe au soleil, pour boire un jus de fruits.

— Je n'en reviens pas ! s'exclama Sarah. Non seulement la directrice n'a pas exclu Roxane de l'équipe de basket mais elle ne l'a punie que deux jours ! Tout ça parce qu'elle a fait son cinéma et qu'elle est allée s'excuser auprès de la marchande de journaux.

— Moi aussi, je trouve ça injuste, répondit Camille. Mais on a besoin de Roxane dans l'équipe, elle joue vraiment bien. Et le principal, c'est que mon nom soit lavé de tout soupçon, non ?

— Tu as raison. Au fait, comment ça se présente, au basket ?

— Pas mal. Mlle Simon est un excellent entraîneur. On fait beaucoup de progrès. On aurait même une chance de remporter le prochain tournoi, a-t-elle dit.

— Ce serait génial. C'est bientôt, non ?

Camille secoua la tête en soupirant.

— Je n'arrive pas à croire qu'on est déjà à la moitié du trimestre. C'est passé si vite.

Sarah se renversa en arrière pour profiter du soleil. Camille se tourna vers Flamme qui chassait un papillon à coups de pattes. Puis il roula sur le dos et se mit à se mordre la queue. Elle laissa échapper un gloussement, tout attendrie.

— Pourquoi tu ris?

— Oh! pour rien.

Il lui arrivait d'oublier qu'elle était la seule à voir le chaton. Mais elle avait conscience qu'il fallait absolument cacher son existence. Des lions féroces le recherchaient. Et s'ils le trouvaient, ils le tueraient.

Les semaines passaient à toute vitesse. Camille ne savait plus où donner de la tête, entre ses devoirs et ses entraînements de basket.

Elle se réveilla un matin très inquiète.

— C'est aujourd'hui que nous aurons nos résultats du trimestre, chuchota-t-elle à Flamme pendant que Sarah prenait sa douche. Je crains le pire.

Flamme lui lécha la main de sa petite langue râpeuse.

— Pourtant tu as beaucoup travaillé.

— Oui, mais je ne sais pas si ça suffira.

Flamme plissa ses grands yeux.

— Je peux arranger ça.

— Non, ce serait de la triche. Merci quand même.

Elle repoussa sa couette et sauta du lit. Le soleil inondait la chambre.

— Viens. Allons nous promener. Nous avons encore le temps avant le petit déjeuner.

Flamme se leva, tout frétillant.

Camille enfila son uniforme et se brossa les cheveux en vitesse. Puis ils se rendirent dans le bois, derrière le terrain de sport.

Flamme, les oreilles rabattues en arrière, humait les feuilles mortes.

Camille le regardait en souriant.

— Tu as des arbres et de l'herbe dans ton pays? demanda-t-elle.

— Oui, et aussi des rivières, des montagnes. Mais pas d'hommes. Juste des animaux comme moi.

Un monde peuplé uniquement de félins. Comme cela devait être bizarre. Camille aurait bien aimé le connaître.

— La magie me ramènera un jour dans mon pays. Hélas ! elle n'aura pas assez de puissance pour te transporter, et moi seul partirai, précisa-t-il comme s'il lisait dans ses pensées.

Camille esquissa un sourire triste.

— Ce n'est pas grave. Il ne doit pas y avoir

grand-chose à manger là-bas. Je parie que vous n'avez pas de magasins, plaisanta-t-elle.

Flamme sourit derrière ses moustaches.

— Ce n'est pas dans les magasins qu'on trouve les proies les plus savoureuses !

Une feuille de papier voleta vers Camille. Elle la roula en boule et la jeta à Flamme. Il se précipita sur elle et fit une pirouette en la lançant entre ses pattes.

Camille riait gaiement C'était si bon de vivre avec lui ! Elle aurait voulu que cela dure toujours.

8

— Camille, viens vite voir ! Nos résultats sont là ! cria Sarah en l'entraînant vers le tableau d'affichage, à la sortie du cours de maths.

— Qu'est-ce que ça donne ? demanda Camille sans oser regarder.

— Tu es la dixième de la classe. Et tu as eu la meilleure note au devoir sur l'Égypte ancienne.

— C'est vrai ? Oh, c'est fantastique !

Elle se sentait soudain légère, légère…

— Tu l'as bien mérité.

— Merci. Mais je n'y serais jamais arrivée sans toi. Ouah ! Regarde tes notes. Tu es seconde. Ce sont tes parents qui vont être contents !

Sarah rougit.

— J'espère. J'ai tellement hâte d'être à la semaine prochaine pour les revoir.

— Oui, j'adore notre école, n'empêche que mon père et ma mère me manquent aussi.

— Tu les verras samedi. Ils viennent assister au tournoi de basket, non? lui rappela Sarah.

— Bien sûr. Ce sera super. Je vais à l'entraînement, justement. C'est l'avant-dernier avant le grand jour. À plus tard!

Mlle Simon avait placé Camille et Roxane dans la même équipe. La première était chargée de faire les passes et la seconde de tirer. Elles s'entendaient à merveille et marquaient un maximum de paniers.

— C'est bien, vous deux, les félicita Mlle Simon. Continuez comme ça.

L'entraînement terminé, Camille et Roxane se dirigèrent en silence vers les douches.

— Tu joues vraiment bien, Roxane, dit Camille qui avait beaucoup apprécié la partie.

Roxane la dévisagea d'un air surpris.

— Merci. Et tu te débrouilles pas mal non plus, ajouta-t-elle après une hésitation.

Camille n'en revenait pas. Roxane se montrait presque amicale ! Peut-être avait-elle enfin compris la leçon et décidé de changer. Quand elle raconterait ça à Sarah !

Lorsqu'elle remonta dans leur chambre, Sarah s'y trouvait déjà.

— Comment s'est passé ton atelier d'informatique ? demanda gaiement Camille.

— Ben… euh… bien, merci.

Sarah gardait la tête basse. Elle prit un mouchoir dans la boîte sur la table de nuit et se moucha.

— Tu pleures ? Qu'est-ce qui t'arrive ?

— Je viens de recevoir un coup de fil de mes parents. Leur mission n'est pas terminée et ils ne peuvent pas rentrer à la maison pour Noël. Je passerai donc les vacances ici.

— Oh, non !

Camille s'assit à côté d'elle et posa son bras sur ses épaules.

— Peut-être que ce sera sympa. Tu n'es sans doute pas la seule à rester ici.

— Je sais. Mais ce ne sera pas la même chose, tu comprends?

Pauvre Sarah! Camille n'aurait pas aimé être à sa place.

Tout le long du dîner, elle chercha comment lui remonter le moral. La cantine résonnait de conversations et de rires. Mais Sarah n'entendait rien. Elle jouait avec le gâteau au chocolat dans son assiette. C'était son dessert préféré, pourtant elle n'en avait mangé qu'une bouchée.

— Veux-tu qu'on aille au village? proposa Camille.

— Ça ne me dit rien.

Camille sortit de son cartable un magazine sur la vie sauvage.

— Je viens de le recevoir. Tu peux le lire la première, si tu veux.

Sarah haussa les épaules mais le prit quand même.

— Merci.

— Je m'inquiète pour Sarah, confia plus tard Camille à Flamme, quand elle fut seule avec lui. Et je ne vois pas comment je pourrais lui remonter le moral.

Flamme frotta sa tête contre son menton.

— Sarah est triste. Ma magie ne peut rien pour elle.

— Oui, je sais.

Camille continua à se creuser les méninges. Soudain son visage s'illumina.

— J'ai trouvé ! Je sais comment lui rendre le sourire !

9

Quand Camille se réveilla le lendemain matin, elle brûlait d'impatience de parler à ses parents. Le jour du tournoi était enfin là et ils ne tarderaient pas à arriver.

Elle aperçut par la fenêtre les premières voitures qui se garaient sur le parking. La bannière, suspendue au-dessus de l'entrée, annonçait :

BIENVENUE AU TOURNOI
DES PINSONS

La veille, toute l'école avait participé à la préparation de la fête. Camille avait aidé à installer les sièges dans le gymnase et à accrocher les affiches. Sarah avait mis les programmes sur les chaises. Même Roxane, Marie et Léa avaient donné un coup de main.

— Elles ont vraiment changé toutes les trois, remarqua Sarah en finissant de se préparer.

— Oui, acquiesça Camille qui aurait bien aimé pouvoir lui raconter le rôle de Flamme dans ce revirement.

— On descend ? Je dois m'occuper de l'accueil et pointer les concurrents.

— Vas-y, je te rejoins dans une minute.

Dès que Sarah fut partie, Camille se tourna vers Flamme qui s'était roulé en boule sur son oreiller.

— Tu viens voir le match ?

— Non, je reste ici.

Elle le dévisagea sans comprendre. Lui qui ne voulait jamais rien rater!

— Tu es sûr? Tu ne vas pas t'ennuyer?

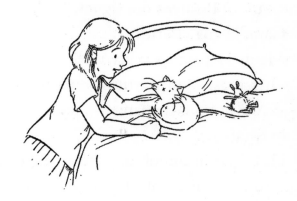

Elle se pencha pour lui caresser la tête.

— Il faut que j'y aille. J'ai promis à Mlle Simon de sortir le matériel pour l'échauffement.

Flamme leva vers elle un regard soucieux.

— Fais bien attention à toi, Camille. Tiens le coup, miaula-t-il doucement.

— C'est promis. Tout ira bien. Ne t'inquiète pas pour moi.

Elle lui fit un dernier câlin et quitta la pièce, préoccupée.

À peine arrivée au gymnase, elle aperçut ses parents qui lui faisaient des signes.

— Camille, ma chérie !

— Maman ! Papa ! s'écria-t-elle en se jetant dans leurs bras. Que je suis contente de vous voir ! Je voulais vous demander... euh... c'est au sujet de Sarah...

— Holà ! Doucement, ma chérie, l'arrêta son père. Si tu recommençais depuis le début.

Camille prit une profonde inspiration et expliqua ce qu'elle aimerait faire puis attendit leur réponse, avec anxiété.

Ils sourirent tous les deux.

— Ça ne me pose pas de problèmes, dit Mme Martin. Et toi? ajouta-t-elle en se tournant vers son mari.

— Je trouve que c'est une bonne idée! répondit-il en ébouriffant les cheveux de Camille.

Camille sauta de joie.

— Ouiii! C'est fabuleux! Désolée. Faut que j'y aille. À plus tard!

Camille mit sa tenue puis alla disposer les cônes sur le terrain. Elle vit alors Sarah qui s'installait et courut la rejoindre.

— Sarah! Tu ne devineras jamais. Tu ne passeras pas les vacances ici!

— Ah bon?

— Oui. Je t'invite chez moi. J'en ai parlé à mes parents et ils trouvent que c'est une excellente idée. Qu'en dis-tu ?

Sarah la dévisagea, les yeux brillants de joie.

— C'est génial ! Que je suis contente ! Merci, Camille.

— Moi aussi, j'ai hâte d'y être ! Nous allons bien nous amuser !

Une voix retentit alors dans le haut-parleur, annonçant que débutait la première partie du tournoi.

En tant que capitaine, Camille entra sur le terrain en tête de son équipe. Toutes allèrent s'asseoir sur le banc des joueuses pour regarder les deux premières écoles s'affronter.

Leur tour arriva enfin.

— Allez, on se donne à fond! cria Camille en tapant dans les mains de ses coéquipières.

— Bonne chance, Camille ! cria Sarah dans la foule.

Elles gagnèrent le premier match par quinze à dix.

— On est sélectionnées pour la prochaine partie ! Bravo les filles, les félicita Mlle Simon.

Le match suivant fut plus ardu. Elles l'emportèrent d'un point seulement. Au fur et à mesure des rencontres, elles prenaient de l'assurance et continuaient à mener…

— Et maintenant, voici la finale du tournoi interscolaire ! annonça l'organisateur dans le haut-parleur.

Roxane se tourna vers Camille, qui buvait, le visage rouge et en sueur.

— On va gagner.

— C'est sûr ! répondit Camille avec un grand sourire.

Elles revinrent sur le terrain sous les encouragements de leurs supporters.

— Allez ! les Pinsons !

Camille se donna à fond. Elle marqua quatre paniers et Roxane cinq. À la dernière minute de jeu, Camille sauta pour attraper le ballon mais retomba, un pied sur la ligne.

L'arbitre siffla.

— Touche !

L'autre équipe récupéra le ballon et marqua un panier. Le score était à quatorze partout.

Camille s'en voulait à mort. Quelle idiote !

— C'est pas ta faute ! la réconforta Roxane généreusement.

Camille la remercia d'un petit sourire mais il ne leur restait plus beaucoup de temps pour se rattraper.

Les joueuses se regroupèrent. Camille attrapa le ballon et le passa à Roxane. Celle-ci pivota pour tirer. Elle était mal positionnée. Allait-elle tenter le coup alors que Camille était mieux placée ?

— À moi, Roxane !

Roxane la regarda. Camille retint son souffle. Roxane laisserait-elle passer cette occasion d'ajouter un panier à son palmarès ? Surtout qu'il ne restait que quelques secondes avant le coup de sifflet annonçant la fin de la partie !

Soudain Roxane fit la passe à Camille.

Camille lança le ballon et marqua !

L'arbitre siffla.

Elles avaient remporté le tournoi ! Des cris de joie emplirent le gymnase

— Ca-mille, Ca-mille, Ca-mille !

— Bien joué, Camille ! la félicita Roxane.

— C'est toi qui m'as permis de marquer, répondit Camille en lui prenant la main pour la lever en l'air. On a gagné ensemble.

— Ca-mille ! Ro-xane ! scandèrent les gradins.

Laissant exploser sa joie, Roxane serra Camille dans ses bras.

— Alors ? Amies ? demanda Camille, rayonnante.

— Faut pas exagérer ! rétorqua Roxane.

Camille s'aligna avec le reste de son équipe devant Mme Legrand qui remit à chacune un diplôme.

Puis Camille alla chercher Sarah et courut rejoindre ses parents.

— Bravo ma puce ! la félicita Mme Martin. En plus, tu as de bons résultats en classe. On dirait que tu te plais ici.

— J'ai eu un peu de mal au début, répondit Camille en passant son bras sous celui de Sarah. Mais maintenant j'adore notre école. Et je me suis fait de vraies amies.

Sarah rougit en souriant, heureuse.

Soudain, au milieu de toute cette joie, Camille ressentit une profonde inquiétude. Un frisson la parcourut.

Flamme ! Il devait être en danger ! Il fallait qu'elle le rejoigne au plus vite.

— Je… je dois faire un truc. Je reviens tout de suite, cria-t-elle à ses parents en courant vers la porte.

Bizarrement, elle savait où retrouver le chaton. Elle longea le couloir jusqu'au vieil escalier et gravit les marches quatre à quatre. Quand elle arriva sur le palier, elle trouva la porte du grenier grande ouverte.

— Flamme ? Tu es là ? Ça va ?

Ses yeux scrutèrent les ténèbres à la recherche du chaton noir et blanc.

— Camille ? lui répondit une voix grave.

Un lion à la fourrure blanche scintillante sortit alors de l'obscurité. Il sourit, découvrant de longues dents acérées.

— Prince Flamme !

Camille le contempla, bouche bée. Elle avait oublié combien il était impressionnant sous son aspect naturel.

— Tu… tu t'en vas ?

Il hocha la tête.

— Cirrus est venu me chercher.

Camille remarqua alors un autre lion, nettement plus âgé, à la fourrure grise et au visage sage et serein.

— Je dois partir immédiatement. Les espions de mon oncle Ébène ne sont plus très loin.

Camille se jeta à son cou et enfouit son visage dans sa fourrure soyeuse.

— Sois prudent, chuchota-t-elle.

Elle s'écarta de lui avec regret.

Flamme la couva de ses yeux vert émeraude.

— Camille, tu as été une vraie amie. Je ne t'oublierai jamais. Adieu.

Un tourbillon d'étincelles enveloppa les lions. Flamme leva la patte en guise de dernier au revoir. Ses griffes brillèrent comme du cristal et les deux félins disparurent.

Camille contempla le vide, le cœur brisé.

Flamme lui manquerait horriblement mais il était en sécurité et cela seul importait. Elle avait eu une chance folle de partager ses premiers mois de pension avec ce merveilleux chaton. Jamais elle n'oublierait les bons moments passés en sa compagnie. Elle garderait ce secret toute sa vie au fond de son cœur.

Elle refoula les larmes qui lui montaient aux yeux. Les vacances avec Sarah s'annonçaient. Réconfortée par cette idée, elle fit demi-tour et redescendit en courant.

Les chatons magiques

Livre 1

Une jolie surprise

Flamme doit trouver une nouvelle amie!

Lisa s'ennuie chez sa tante à la campagne. L'arrivée d'un adorable chaton angora roux va redonner des couleurs à son été...

Les chatons magiques

Livre 3

Entre chats

Flamme doit trouver une nouvelle amie !

Les rêves de Julie deviennent réalité : un chaton angora, beige et brun, débarque dans sa vie…